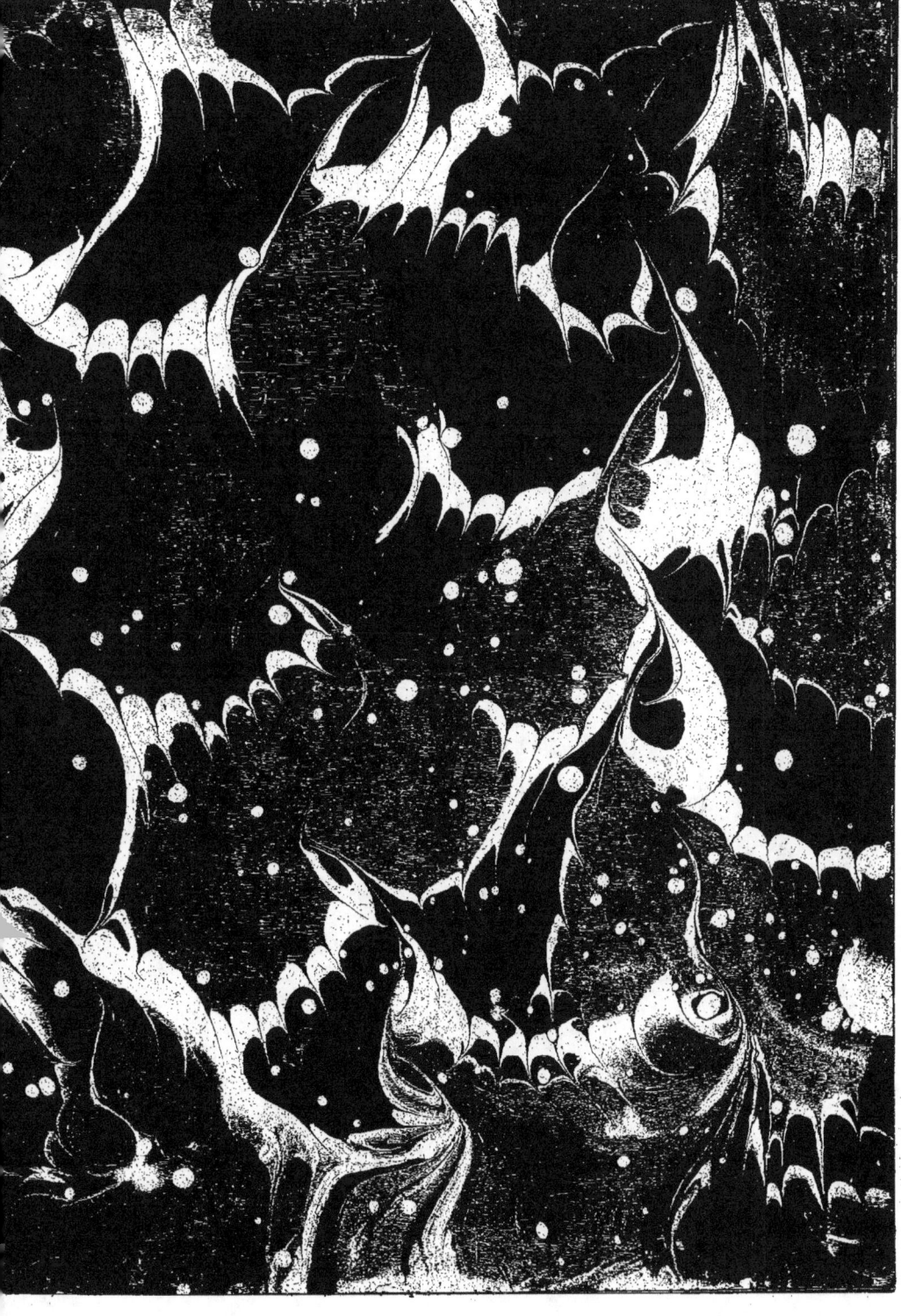

RELATION

DV PORT DE SAINT LOVIS

AV CAP DE SE'TE EN LANGVEDOC,

Et des Ceremonies qui y ont esté faites en pó-
sant la premiere Pierre.

Le Ieudy 29. Iuillet 1666.

A PEZENAS,

Par IEAN MARTEL, Imprimeur Ordinaire du Roy, de
Messeigneurs les Commissaires Presidens pour Sa Majesté,
aux Estats Generaux de la Province de Languedoc du
Diocese d'Agde, & dudit Pezenas 1666.

CARTE DV CAP DE CETTE,

& des lieux adjacens, qu'il est besoin de connoître pour plus grand intelligence du Discours suyuant.

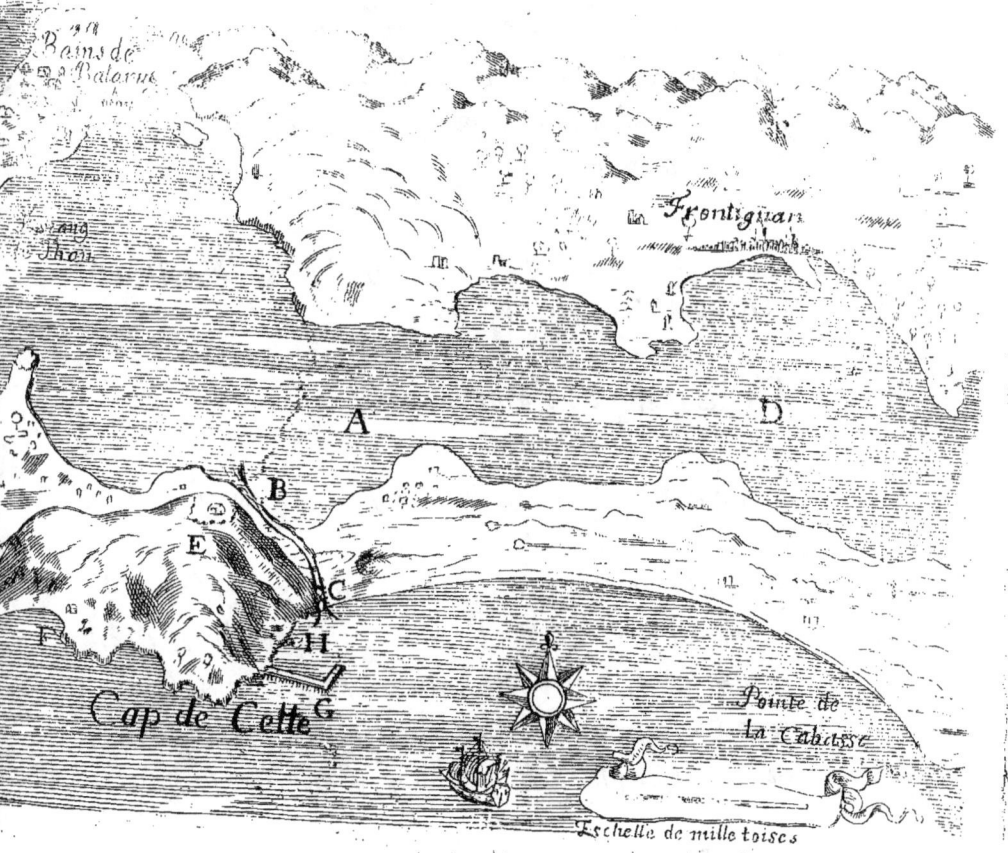

A. Bas fond qui separe les Estangs de Frontignan, de Palauas, de Maguelonne, de

Perols, & de Mauguyot, d'auec ceux de Thau; & où mefme il y a vn gué auquel on paffe en Hyuer auffi bien qu'en Efté.

B. Canal propofé pour la communication de la Mer aux Eftangs de Thau, dans lefquels il y a vn fond d'éaüe, qui va de cinq iufqu'à 35. & 40. pieds.

C. Efclufe qui a efté propofée pour empefcher l'enfablement de ce Canal.

D. Eftang de Frontignan.

E. Ruïnes du Fort de Montmorancette.

F. Calc où l'on auoit autres fois projetté de faire vn Port, & où l'on abandonna le trauail commancé, par la connoiffance qu'on eût qu'il feroit meilleur de l'autre cofté du mefme Cap, où il eft aujourd'huy propofé d'en faire vn autre

G. Iettée, ou mole, de 270. iufqu'à 300. toifes auec fon retour de 100. toifes propofé à faire, pour deffendre le Canal de communication de la

Mer aux Estangs de Thau, contre les sables que les vents de Midy y pourroient pousser, comme aussi pour couurir le Port ou auant-port, qu'on soustiennent pouuoir estre vtilement faits au deuant de ce Canal, contre les vents de Leuant, & de Siroc, aussi bien que contre la quarte du Siroc au Midy.

H. Fond contenu entre la jettée, & les terres, où il y a depuis quatre jusqu'à 19. & 20. pieds d'éauë, à 260. toises loing de la Plage, & où il y auroit dequoy retirer en tout temps vn bon nombre de toute sorte de bastimens, si le projet fait pour cela. estoit executé.

RELATION

DV PORT DE St. LOVIS
auCap de Séte en Languedoc,
Et des Ceremonies qui y ont
esté faites en posant la premiere
Pierre.

Le Ieudy 29. Iuillet 1666.

CEVX qui connoissent bien
la France & ses Provinces, ne
peuuent douter, que le Languedoc n'en soit pour bien des
raisons, la meilleure & la plus
considerable. Son heureuse Si-
tuation, sa vaste étenduë, l'admirable va-

A

riete de fon riche territoire ; la diuerfité de fes
Peuples, fon grand nombre de bonnes Villes,
& vne infinité de prerogatiues que les autres
n'ont point , font affez voir qu'elle ne doit
ceder à aucune. Elle eft maintenant la plus
belle partie de celles , que les Romains enchan-
tez de leur pays admiroient autrefois, & di-
foient pour luy faire honneur , qu'elle étoit
plûtoft vne veritable Italie , qu'vne Province étrangere. Mais le temps qui ne pardonne
à rien , femble dépuis quelques années luy
auoir enuié le plus grand aduantage & le plus
bel ornement qui la pouuoit rendre fans con-
tiedit incomparable. Comme elle confine au
plus fameux traject de la Mer mediterranée,
lequel il faut trauerfer de neceffité pour paffer non feulement d'Efpagne en Italie, mais
prefque de toutes les parties du monde , qui
nauigent fur l'Ocean , & qui pour penetrer
iufques au milieu de la terre habitable , en-
trent dans ce plus grand de tous fes Golphes;
il auroit efté auffi neceffaire , que la côte de
toute cette Province, qui eft le long de ce paffage fi décrié & nommé , dit-on , à caufe de

la fureur des Orages, Golphe de Lyon, fuſt
pourveüe de Ports bien aſſurez pour la retraicte des Vaiſſeaux battus par les tempeſtes,
quand ils y paſſent. Mais la Mer, étant continuellement agitée par les vents meridionaux,
qui la renuerſent inceſſamment ſur toute cette côte, a ruiné enfin tous ceux, qu'on y a-
uoit trouuez où voulu faire ; & rendu le riuage de tout ce Pays non ſeulement inacceſſi-
ble, mais comme execrable à tous les Mariniers, qui en éuitent l'approche de tous côtez
faute de retraicte, & d'abry : ce qui oſtant à la
Province le commerce de la Mer, la laiſſe
veritablement dans l'abondance de ſes fruicts,
mais la met auſſi dans l'indigence des richeſ-
ſes, que le trafic ne manque iamais d'apporter aux lieux, où il s'exerce.

On a donc ſouuent tenté d'y remedier par
la conſtruction de quelques hâvres où l'on
croyoit pouuoir reüſſir. La nature meſme a
ſemblé quelques-fois y vouloir contribüer par
certains paſſages, que la Mer ſe faiſoit dans
les Eſtangs, ſeparez d'elle ſeulement par vne
eſtroite liſiere de terre, qui ſous le nom de

plage s'eftend auec eux tout le long de la
côte, & en deffend l'abord à toutes fortes de
Vaiffeaux; fi ce n'eft par ces ouuertures, que
la langue du Pays appelle Graus; & qui fe
font & défont les vns les autres felon le ca-
price du mouuement de la Mer, qui les ou-
ure & les ferme à mefure qu'elle y pouffe où
qu'elle en tire les fables, que fes flots remüent
continuellement: où à mefure auffi qu'elle
reçoit, où qu'elle refufe la vafe qui fe dégor-
ge par là, des Eftangs & des riuieres qui s'y
rendent.

Or l'Art & la nature ayant iufques à pre-
fant affez inutillement trauaillé, foit parce
qu'on n'a pas fçeu profiter des effects de cel-
le-cy, ny bien employer où appliquer les rei-
gles de celuy-là, on eftoit prefque tombé dans
le defefpoir, & l'on ne fongeoit plus à rien
entreprendre: lors que SA MAIESTE'
apres auoir glorieufement donné la paix à
toute l'Europe, & s'eftre mife en eftat de n'a-
uoir plus befoin que de fonger à reparer les
maux qui s'eftoient gliffez dans le Royaume
pendant la guerre, a bien voulu en jettant les
                                        yeux

yeux fur ce qui deuoit faire fleurir le commerce , qui eft vn des plus beaux fruicts de
la paix , les tourner auffi vers les obftacles qui
le pouuoient empefcher dans les Provinces.
Et ayant appris , qu'il eftoit prefque perdu
dans celle de Languedoc , la nauigation y cef-
fant faute de Ports, Elle a eu la bonté d'y vouloir pouruoir en recherchant tant dehors que
dedans fon Royaume , des gens bien enten-
dus au fait de la marine , pour vifiter foigneu-
fement cette côte , & découurir s'il n'y auroit point d'endroit , où il fût poffible de for-
mer quelque retraicte pour les Vaiffeaux, à l'a-
bry des vents qui regnent prefque toûjours
dans ces lieux là.

Elle en donna donc la Commiffion à
Monfieur le Cheualier de Cleruille , dont
la capacité eft affez connüe par les impor-
tans employs , qui l'ont rendu fi celebre;
lequel affifté du Sr Renejens Hollandois, homme auffi experimenté qu'intelligent en tout
ce qui concerne la Mer & fes moüillages , a-
prez auoir bien examiné , reconnu , & con-
fideré tous les lieux le long de la plage, decla-

ra qu'il n'y auoit point d'endroit plus fauora-
ble , que celuy où elle s'éleuoit en vne affez
haute Montagne connüe par le nom du Cap de
Sête , qui s'auançant doucement vers le couchant tirant au midy , couuroit des vents fâ-
cheux , qui viennent de ces côtes là, vne petite encognure dans la Mer , qu'on pouuoit
acheuer de mettre à couuert des autres vents,
tant du midy que du leuant , si l'on tiroit vne
digue dans la Mer du pied de cette Montagne tendant du couchant au leuant, laquelle
au bout de. 300. Toifes fift vn coude ou retour vers le Septentrion , qui rompant les
flots & arreftant les fables mouuants, renfer-
meroit vn affez grand efpace d'vn fond rai-
fonnable & capable de feurement contenir vn
bon nombre de Vaiffeaux : lequel ne feroit
neantmoins , qu'vn auant-Port , attendu que
derriere la Montagne il fe trouuoit encor
dans l'Eftang voifin appellé de Thau, vn fort
grand baffin de fond fuffifant , où l'on pourroit faire paffer les Vaiffeaux, en creufant vn
Canal à trauers la plage tout joignant la Montagne pour feruir de paffage du premier Port

au fecond, & qui luy-méme pourroit fervir d'vn troifiéme, felon qu'on le voudroit faire large & profond iufques audit Eftang, qui fe trouue à l'abry de toutes parts ; étant à couuert du côté de la Mer par la Montagne du Cap, & de celuy de la terre par les côtaux, où croift l'excellant mufcat de Frontignan, & par ceux où l'on voit les fameux bains de Balaruc.

Ces chofes donc bien entendües, & rapportées à SA MAIESTE', Elle ordonna tout auffi-toft, que la propofition en fût faite aux Eftats de la Province, lefquels ayant compris les aduantages de ce deffein, en conclürent bien-tôt auffi la refolution, auec le fond neceffaire pour ayder à la dépenfe d'vn fi grand ouvrage : dont SA MAIESTE' ayant efté informée, Elle fift en méme temps entendre à Mrs de BEZONS, & TVBEVF, fes Commiffaires, & Intendans de la Province, qu'Elle defiroit, qu'ils s'appliquaffent inceffamment à l'execution de cette entreprife.

Ces Meffieurs pleins de lumiere & de zele, particulierement en ce qui regarde la volonté du ROY, le foulagement & l'auantage de

la Province, firent tout auſſi-toſt publier &
propoſer les trauaux du deſſein, tant à l'eſgard
de la jettée pour la conſtruction de la digue
où mole, que de la tranchée au trauers de la plage pour le Canal de communication. De tous
leſquels étant enfin conuenus auec des En-
trepreneurs fort verſez en de pareils ouvrages,
ils les obligerent de mettre ſans delay la main
à l'Oeuure.

Mais comme vne entrepriſe de cette impor-
tance faite pour l'eternité, où du-moins qui la
merite, demandoit vn commencement plus
auguſte, & qui fût marqué à la poſterité par
quelque Ceremonie digne d'vn ſi Noble projet, & ſi deſiré de tous les peuples; ils reſo-
lurent pour reſpondre à leurs vœux, & à la
joye qu'ils en témoignoient, d'aller poſer eux
mêmes la premiere Pierre de cette ſtructure,
auec toute la ſolemnité & la pompe que me-
ritoit cette entrepriſe toute Royalle; Et afin
d'y voir des Spectateurs de toutes parts, on eſti-
ma qu'il étoit à propos de choiſir le temps de
la Foire de Beaucaire, quand elle finiroit, à
cauſe des Marchands & Negocians preſque

de

de toutes les Nations, qui ont accoûtumé de
s'y rendre, & qui ne manqueroient pas d'a-
uoir la curiofité étant fi prés, d'aller voir
ce trauail, pour vn Port facile & affeuré, dans
vn lieu que l'on tenoit inabordable , afin
d'en porter eux mêmes la nouuelle en leurs
Pays.

Le iour fût donc iuftement pris inconti-
nant apiés la fin de cette Foire. Or, n'y ayant
point d'apparence que Monfieur l'Intendant
de Bezons y puft affifter, fe trouuant occupé
hors de la Province dans vne affaire, où le
Roy auoit befoin d'vne perfonne de fa trem-
pe, & à laquelle on pourroit fouhaiter plufieurs corps pour étre par tout, où l'vtilité du
feruice le demanderoit, Monfieur l'Intendant
Tubeuf receut Ordie de la Cour de ne pas
differer d'auantage, & de faire feul, pour ne
pas perdre l'occafion, ce qu'il deuoit partager
auec Monfieur fon Collegue. Si bien que fe
voyant chargé de tout, & par confequent
obligé de redoubler fes foins, il s'y appliqua
auec tant de chaleur, & mît fi bon ordre à
toutes chofes, s'étant luy même tranfporté

C

fur les lieux afin que tout fût preft & acheué
au iour deftiné, qu'il n'y eût iamais rien de plus
jufte n'y de mieux entendu. C'eft auffi là qu'ont
grandement paru la diligence & l'adreffe du
S' Pujol Secretaire & Greffier du Roy dans les
Eftats, auquel ayant efté commis le foin & la
conduite du détail de tout l'appareil, il s'en eft
auffi acquitté auec tant de vigilance & de fuc-
cés, qu'il n'y a du tout rien eü à defirer, qui
pût feruir à la perfection & Magnificence de
cette fefte. Enfin on vit fur pied en moins de
trois femaines, ce qu'on auroit pû à peine ef-
perer dans fix mois, pour que rien ne manquât
de ce qui pouuoit eftre neceffaire, commode, &
bien feant à la celebration d'vne fi grande re-
joüiffance, laquelle apparemment deuoit atti-
rer vne infinité de monde de toutes conditions
dans ce lieu, auffi defert & auffi fauuage qu'il
y en ait dans la Province. Mais afin que l'on
ne s'en apperceuft pas, & que l'on y pût étre
à couuert, méme auec les delices qui fe peuuent trouuer dans les meilleures Villes ; on y
auoit efleué artificiellement des Edifices de
charpante, couuerts, & garnis de tentes pein-

tes en Architecture, qui en faisoient paroistre
vne belle & bien bastie sur le Canal déja fort
aduancé, où il est à croire qu'au lieu de cette
Ville Artificielle on en verra quelque iour vne
reelle & bien peuplée lors que le Port estant
acheué & reconnu sera aussi frequenté, qu'il
a esté iusques à present desert.

Le principal, & plus magnifique de ces bastimens, estoit vne grande Eglise consacrée à saint
Loüis, Patron du Port, & posée iustement au
lieu où doit estre l'emboucheure du Canal dans
la Mer. Elle estoit bastie sur le Plan d'vne Croix,
dont la teste où le haut formoit le Chœur, où
estoit éleué superbement & richement orné le
Maistre Autel auec l'Image du S. Roy Patron.
A costé sur les deux bras estoient deux grandes Chapelles. Et le montant fournissoit le
Corps de la Nef fort vaste & spatieux, le
tout garny des plus belles tapisseries que l'on
auoit pû trouuer dans la Province. L'entrée
auoit son grand Portal au milieu de deux
moyennes portes auec tous les ornemens d'v-
ne fort reguliere Architecture, si bien obser-
uée, & si naturellement representée, qu'on

pouuoit raisõnablement douter, si c'estoit pein-
ture plate, ou relief de maçonnerie. Au dessus
s'éleuoit vn fort haut & large frontispice auec
toutes ses parties dans les regles du mếme
dessein. Le portrait du ROY estoit peint tout
au milieu entre deux colõnes , sur le pied d'e-
stail , desquelles estoit en lettres d'or cette ins-
cription.

D. O. M.

DIVO LVDOVICO.

REGNVM, ET LOCVM, ET
SACRVM, ET OPVS D. C.

LVD. XIV. GAL. ET NAVAR. REX.

Au dessus du Portrait estoient ces paroles de
l'Euangile. *Imperat ventis & mari & obe-*
diunt ei. Luc. 8. Et au dessous ces vers du premier de Virgile.

Hoc vultu cœlum tempestatesque serenat.
Que l'on a creu faire assez bien entendre en
François dans ces deux vers.

Ce visage charmant qui fait tant de conquestes
  Rassereine le Ciel & calme les tempestes.

D'vn

D'vn costé estoit aussi ce demy vers.

Et mulcere dedit fluctus,

Et de l'autre.

Dedit & contemnere ventos.

Vers le bas.

Pacat loca fœta furentibus Austris.

Et finalement tout au haut du frontispice, à l'entour de la corniche du ceintre estoit écrit ce vers entier.

Vota hoc seruati soluent in littore Nautæ.

Le corps de cette Eglise estoit accompagné de part & d'autre d'vne longue suite de bastimés faisants face au canal, le long de laquelle on voyoit regner le méme ordre d'Architectures iusques à deux gros pauillons qui la finissoient pour commancer le retour de deux grandes aîles le long du canal, continuées de part & d'autre par deux fort longues, & tres-agreables galleries de feüillages auec des auenuës d'arbres, qui conseruoient encore sous leur verdure assez de frais pour en communiquer à ceux qui s'y mettoient à l'abry du Soleil.

On auoit mis par tout sur les entrées de ces édifices quelques vers ou portions de vers

D

choisis pour seruir de bon augure à la fabrique du dessein, & à marquer vn iour la seureté du Port & ses commoditez : On lisoit dans vn endroit.

Portus ab accessu ventorum immotus.

Dans vn autre.

Deprensis statio tutissima nautis.

Ailleurs.

Non olim sed nunc statio benefida carnis.

En plusieurs autres lieux deça & de-là.

Accipit hæc sessos tuto placidissima portu.

Hic æquora tuta silebunt.

Hic placidum ventis stabit mare.

Mitis & in morem stagni placidæque paludis.

Sternitur æquor aquis.

Quo neque sit ventis aditus.

Hic tuto nauita portu.

Humida vela lege, &c.

Il y auoit dans cette suite de bastimens vne fort grande quantité de beaux apartemens ta-pissez pour la commodité des personnes de condition de l'vn & l'autre sexe, qui s'y pour-roient rencontrer; comme plusieurs grandes sales, chambres, antichambres, garderobes, ca-

binets, veftibules, allées, &c. Et au bout de tout
cela eftoient de grands reduits pour les offices,
cuifines, fommeleries, dépenfes, magazins, cel-
liers, & autres lieux neceffaires pour ferrer les
viures & vftenfiles, & contenir vn nombre
prefque incroyable de toute forte d'excellens
officiers de bouche, enuoyez fur le lieu trois
ou quatre iours deuant la Fefte, pour trauailler
inceffamment aux aprefts de tout ce qui deuoit
generalement feruir a faire les repas.

Outre tous ces edifices qui paroiffoient vne
petite ville, on voyoit fur les auenuës, & aux
enuirons, vne fort grande quantité de tentes
& de pauillons qui formoient comme les faux-
bourgs, où l'on trouuoit des cabaretiers, trait-
teurs, des fruitiers, des vendeurs de limonade,
& de toutes autres liqueurs à la glace, & mefme des curiofitez comme dans vne ville ha-
bitée.

Ces chofes ainfi difpofées & publiées de
tous coftez, iointes au bruit qu'auoit dé-ja fait
le trauail du deffein bien auancé, attirerent vne
fi grande affluence de peuple, & fi bonne
compagnie de gens confiderables, que de

memoire d'homme, il ne s'eſtoit point veu
tant de monde ny de ſi diuerſes nations en-
ſemble dans la Province. Les Villes, Bourgs,
& Villages voiſins, Frontignan, Ballaruc, Lou-
pian, &c. ou vint fondre vne partie, de cette
foule la veille de la ceremonie, n'auoient
point aſſez de maiſons pour leur donner le
couuert.

Enfin le iour arriué on vit la Mer & les
Eſtangs tous couuerts de batteaux qui ame-
noient le monde de toutes parts, & comme
vne proceſſion continuelle de carroſſes, de ca-
leches, de gens de cheual, & gens de pied, demy nuds, qui trauerſoient le gué de plus d'vn
bon quart de heuë d'eau.

Monſieur de Montpellier accompagné des
principaux de ſon Clergé, & de ſes Officiers,
ne manqua pas de s'y trouuer des premiers,
deuant faire l'ouuerture de la ceremonie. Ce
Prelat l'vn des plus accomplis que l'Egliſe vi-
uante ait aujourd'huy, la commança par la
celebration d'vne grande Meſſe, qu'il auoit
choiſie toute plaine des myſteres qui pouuoient conuenir, & ſe rapportoient merueil-
leu-

leusemět bien au lieu, & au deffein de l'entreprife. On voyoit méme reprefentés fur les ornemēs
d'Eglife qu'il auoit apportez, les miracles du
Saueur faits fur la Mer, & fur fes uuages. Deux
agreables chœurs de mufique, mélez d'in-
ftrumens & de voix, en chantoient les paroles
auec vne harmonie fi melodieufe & fi diuine,
qu'elle faifoit paffer manifeftement iufques
dans l'ame des moins pieux, les fentimens de
la deuotion, que celle du Celebrant infpi-
roit par les yeux au cœur de tous les affiftans.

Or la chaleur auffi exceffiue depuis huit ou
dix iours qu'on en euft encore fenty en ces
quartiers, joüoit cependant de fon refte, &
tout ce peuple n'en pouuoit plus, lors que
Dieu fembla vouloir tefmoigner qu'il en auoit
pitié, & pour monftrer comme il exauçoit le
verfet du *Veni fancte Spiritus*, par lequel on
luy venoit de demander, *In aftu refrigerium*,
il changea en moins de rien toute la face du
Ciel allumé. Les nuées commencerent à fe
couurir, le Soleil fe cacha, fes rayons fe reti-
rerent pour faire place à vn affez grand vent
qu'ils arreftoient fur la Mer agitée, lequel ne

E

la quitta que pour luy rendre le calme, & apporter fur la terre la fraifcheur humide, apres laquelle ce pauure monde qui n'ofoit plus refpirer, foûpiroit fi ardamment ; De forte que iuftement fur le point de la confecration , le filence refpectueux de ce peuple deuot fût heureufement interrompu par le murmure, premierement d'vn agreable vent, & enfuite par celuy d'vne tres douce pluye, qui fe renforçant petit à petit donna iufques à la plaine ondée affez forte pour recoigner dãs la terre la chaleur qui en fortoit, arrefter l'affluence de celle du Ciel, fixer la pouffiere, & mettre l'air pour toute la journée dans la plus delicieufe temperature qui fe pouuoit fouhaitter. Si le hazard anciennement euft donné dans vne pareille occafion aux Payens, ce que le Ciel inuoqué accordoit icy au veritable Peuple de Dieu, ces pauures aueugles n'euffent iamais manqué d'en attribuer le miracle au merite de leurs veux & à la vertu de leurs facrifices ; C'euft efté pour lors qu'ils euffent bien dit.

Iupiter & lato defcendit plurimus imbri.

Auffi-toft que la Meffe fut dite, on aporta au

pied de l'Autel la Pierre deſtinée pour eſtre la
premiere dans la ſtructure du mole, afin que
Monſieur l'Eueſque la beniſt commodement
aux yeux de toute l'aſſiſtance. Elle eſtoit aſſez
groſſe, & de couleur noire, ſur laquelle ſe
voyoient grauées en lettres d'or ces inſcri-
ptions. *D. O. M.*

DIVOQ. LVDOVICO

Q. F. F. Q. SIT

LVDOVICVS XIV. GAL. ET
NAV. REX.

VICTOR INCLYTVS ET TRIVMPHATOR

PERPETVVS

PACE PER EVROPAM DATA PORTVM
HVNC FIERI IVSSIT.

Et plus bas.

CVRAVIT CAROLVS TVBEVF
IN OCCITAN. IVRIS REGII PROCV-
RATOR ET PRIMORDIALEM HVNC
LAPIDEM IVSSV ET AVSPICIIS EIVS-
DEM REGIS POSVIT.

ANNO M. DC. LXVI.

Elle auoit en ſes quatre coins enchaſſées

quatre pieces de la medaille du ROY faite exprez pour ce dessein. La premiere estoit d'or, la seconde d'argent, la troisiéme de bronze, & la derniere de cuiure. Le visage de SA MA-IESTE' y est tres-fidellement representé sur vn demy-buste, au bas duquel est écrit son Nom, celuy de ses Royaumes & l'année, & à l'entour cette maniere de deuise.

Pacem terris indixit & vndis.

Où Mr de Neuré connu par son meri-te, & qui a contribué en beaucoup d'autres choses aux ornemens de cette ceremonie, a parfaitement assemblé ce qu'on pouuoit dire du ROY sur la paix qu'il a donnée à son peuple, & à ses voisins; & sur le calme & la tranquillité que receuront en particulier les côtes de cette Province de la structure de ce Port, aussi bien que toutes les mers en gene-ral des forces que SA MAIESTE' a comman-cé d'y faire paroistre. Ce que l'on a voulu fai-re entendre aux Dames par ces deux vers.

Ce Grand ROY, le Vainqueur & l'Arbitre du monde,

A fait regner la paix sur la terre & sur l'onde.

Le

Le reuers de la medaille eſt l'image du
Port, & au tour cette inſcription.

TVTVM IN IMPORTVOSO
LITTORE PORTVM STRVXIT.
AN. M· DC. LXVI.

Ce qui explique aſſez bien la grandeur
& l'vtilité de l'entrepriſe.

Aprez que Monſieur l'Eveſque eut donné
la benediction au peuple & acheué ſes actions
de graces , il ſe tourna vers la Pierre pour la
benir. Mais comme c'eſtoit vne choſe ſingu-
liere & qui n'auoit point d'exemple dans l'E-
gliſe, qui a bien dans ſon Rituel la benediction
des Cloches , des Autels , & des premieres
Pierres pour des Egliſes, ou Maiſons religieu-
ſes ; mais non pour vn Port ou autres ſem-
blables ouvrages profanes , ce ſage & pieux
Prelat y auoit pourueu, par vn Office entier
& tout nouueau qu'il auoit luy-meſme com-
poſé en tirant du texte ſacré, vn grand nombre de paſſages faiſans les plus belles alluſions
du monde au project, & fourniſſans des paroles toutes myſterieuſes pour inuoquer effi-

F

cacement le Saint Nom de Dieu & fa fainte
benediction fur les ouvrages d'vne fi bonne,
& fi loüable entreprife.

Cette Pierre ainfi benifte fût portée en pro-
ceffion iufques au bord de la mer, le Clergé
& la Mufique chantant des Pfeaumes, des
Hymnes, & des Cantiques facrez, que ce do-
cte & deuot Prelat auoit choifis : Et aprez l'a-
uoir fait mettre ou les flots la venoient bai-
gner, & conjuré la Mer d'auoir du refpect
pour elle, & pour toute la ftructure dont elle
deuoit eftre le principe ; il s'en retourna auec
tous fes Ecclefiaftiques Pfalmodians à l'Eglife,
ne pouuant aller iufques au lieu où la pierre
deuoit eftre pofée, à caufe de la longueur du
chemin, de la difficulté d'vne affez afpre Montagne, & vn riuage rompu en precipice, où
Monfieur l'Intendant alla pourtant la faire
porter, & ne la quitta point qu'elle ne fût au
lieu où elle doit demeurer eternellement, & où
eftant arriué il ayda luy-mefme, en y mettant
la main, à la faire rouler dans fa place, tandis que
l'Artillerie, les Boëtes, les Perriers, la Mouf-
quetterie, les Trompettes & Tambours, & les

cris de VIVE LE ROY faifoient retentir les
montagnes d'alentour, & les riuages voifins;
De là eftant reuenu à l'Eglife, il apprît auec
douleur que Monfieur l'Euefque s'eftoit déja
retiré, n'ayant pas efté poffible de l'arrefter,
apres qu'il eût accomply ce qui dépendoit de
luy.

Cependant l'heure de difner approchant M.
l'Intendant fift mettre tout en bon ordre. Et
peu de temps apres on vit feruir quatre grandes tables de 30. à 35. couuerts auec vne abondance de viures, qu'il feroit mal-aifé de reprefenter, quoyque le changement du temps
euft gafté en moins de rien, & obligé à jetter
plus de 300 Pieces de toutes fortes de vian-
des. Ces tables furent releuées par cinq fer-
uices de même force, & auec la même pro-
fufion, fans que toutesfois on euft lieu d'en
blâmer l'excez, à caufe du grand & furabon-
dant nombre de gens de condition; qui n'a-
yant pas voulu aller ailleurs, prenoient leur re-
fection à ces mêmes tables, fe contentant de
manger tout debout par deffus les Dames.

Ce feroit icy le lieu où cette relation pour-

roit fort juftement s'étendre à décrire la magnificence & la fumptuofité d'vn tel feftin , la
grandeur & varieté des potages, la diuerfité
des entrées, la quantité & la beauté du rofty,
les Pyramides prodigieufes de petits pieds, là
multiplicité des entremets, la nouueauté des
ragoufts , la fplendeur & delicateffe du def-
fert , & finalement la delicieufe affluence de
toutes fortes de liqueurs beuës à la glace,
tandis qu'vne grande bande de violons four-
niffoit au fens de l'ouïe de quoy difputer à celuy du gouft , lequel des deux étoit le plus
charmé.

Mais pour n'eftre pas ennuyeux , il vaut
mieux paffer aux diuertiffemens, qui auoient
efté deftinez pour l'aprez-difnée. On auoit
veu , deuant que fe mettre à table, paffer en
tres-bon ordre deux fort belles compagnies
de Mariniers veftus de blanc , les vns parez
de liurées incarnates , & les autres de bleües,
auec des toques couuertes de taffetas de cés
mémes couleurs , & quantité de gallans par
tout , pour diftinguer les deux troupes. Elles
eftoient allées tambour battant & enfeignes
deployées

deployées gagner dans le Canal , au son des
hautbois , chacune leur Chalouppe ornée de
mesme parure , l'vne peinte de rouge , & l'autre d'azur semé de fleurs de lys , montées de
16 Rameurs auec leurs Patrons & autres ay-
des : & sur chacune 12 Ioûteurs, lesquels s'ap-
presterent au combat tout aussi-tôt , qu'ils vi-
tent les Dames & toute la Compagnie sor-
tir sur le riuage, en quittant les diuertisse-
mens des ieux & de la danse qui les auoit
occupez depuis le disner. Veritablement elles
euient d'abord bien de la peine à trouuer place au bord du Canal, déja tout couuert de peuple, que firent pourtant bien-tôt ranger les
Gardes de Monseigneur le Duc de VER-
NEVIL Gouuerneur de la Province, com-
me ils auoient déja fait par tout ailleurs toute
la journée , où Mr le Cheualier de Sainte
Colombe homme d'ordre & d'esprit leur com-
mandant les auoit postez, pour éuiter la con-
fusion.

On ne fût pas pluftôt en place , qu'on vit
partir au son des trompettes & des hautbois
ces deux Chalouppes, l'vne venant contre l'au-

G

tre à force de rames, auec telle vîteſſe qu'elles
eſchappoient preſque à la veuë. Les louſteurs
eſtoient ſur des plats fonds , eſleuez au-deſ-
ſus de la Poupe , auec leurs lances où perches
cramponnées d'égale longueur , & des plaſtrons de bois qui leur couuroient tout le
corps. Là plantez ſur leurs pieds , à l'abord
où paſſage des Chaloupes, ils baiſſoient ces
perches, les mettoient en arreſt,& les fichoient
de part & d'autre dans les plaſtrons; de telle
ſorte que ſe tenans fermes, il falloit que le
plus foible cedaſt & ſuccombaſt aux efforts
du plus robuſte pour tomber de neceſſité dans
l'eau , s'il n'arriuoit qu'eſtant de meſme force
ils y tomboient quelquefois tous deux. Ce
qui donnoit bien du plaiſir aux regardans, qui
pouſſoient de grandes acclamations & cris
de joye, tandis que d'vn autre coſté la bouche
des boëttes prononçoit la victoire , & que
deux petits eſquifs reprenoient dans l'eau les
abbatus, qui alloient changer d'habit pour ſe
preſenter encore à la Ioûte , ſi le cœur leur
en diſoit.

C'eſtoit à qui reſteroit le plus long-temps

fur le banc, & qui en mettroit le plus à bas,
pour auoir le prix ordonné au vainqueur. La
victoire balança long-temps & fut grandement difputée. Car enfin les plus vigoureux
fe laffent ne pouuant pas auec de fi grands efforts refifter long temps à plufieurs, qui fe
préfentent touts frais, & rarement pourroit-on
voir dans ces fortes de Iouftes ces vainqueurs
que les Grecs appelloient dans leurs ieux,
Pancratiaftes, pour auoir combattu & abbat-
tu tous les autres, & qui par ce moyen pouuoient quadrer à la deuife du drapeau de la
compagnie incarnate où l'on voyoit vn foleil
auec ces mots *OMNIBVS VNVS*. Auffi
auoit-on plutôt penfé à reprefenter les Roya-
les vertus de SA MAIESTE', qui comme vn
Soleil inefpuifable, partage & communique
inceffamment à vne infinité d'objects fes pe-
netrantes lumieres, & les merueilleux talens
de fon efprit tout diuin, auquel on ne voit
rien qui faffe obftacle en tout ce qu'il entre-
prend. Ce que la deuife auffi du drapeau de
l'autre compagnie, où eftoient ces mots, *NI-
HIL OBSTABIT*, fignifioit bien plus ve-

ritablement, que la fortune de cette bande, qui
ne trouua que trop de refiftance dans l'autre,
tandis que tout cede aux genereux deffeins de
nôtre incomparable Monarque, & que méme la violence d'vne mer la plus orageufe
qu'on connoiffe, forcée par fes ouvrages, eft
contrainte de s'appaifer & de changer la furie
de fes flots dans vne tranquillité affurée au
lieu mefme ou elle faifoit autresfois plus de
defordre.

Enfin la victoire eftant demeurée à la trou-
pe incarnate, fon plus rude loufteur ayant ab-
batu de fuite quatre contre-tenans, & le plus
fort de l'autre n'en ayant peu renuerfer que
deux, le prix fuft adjugé, & tout auffi-toft
donné par Madame l'Intendante au Victo-
rieux, au fon des trompettes, hautbois, &
tambours. C'eftoient deux medailles pareil-
les à celles qui auoient efté enchaffées dans
la Pierre. Ceux qui s'eftoient le plus fignalez
ne manquerent pas d'auoir auffi quelques
prix, & d'eftre regalez à proportion de leur
valeur. Les vaincus mefmes furent confolez
de quelques prefens agreables.

Ces

Ces bonnes gens rauis d'auoir pour fpe-
ctateurs tant de beau monde & de fi beaux
yeux, auoient trouué moyen de s'en feliciter,
& de parler aux Dames felon leur portée, a-
uec ces vers qu'ils leurs diftribuerent eux-mê-
mes dans des feüilles imprimées.

MADRIGAL

De la premiere Chalouppe
Aux Dames.

QVels Soleils Puiſſans, & nouueaux?
Sont ceux dont vous brûlez les ames.
Nous en auons fenry les flames,
Au plus profond des eaux.
Nous croyons même que Neptune,
Ialoux de la bonne fortune
De ceux qui Iouſtent à vos yeux,
Ne pouuant ſupporter l'ardeur de tant de feux.
Par vne auanture commune,
Et digne d'vn Ialoux
En vous voyant, perira de vos coups,
Oû fera brûlé comme nous.

H

MADRIGAL

De la seconde Chalouppe
Aux Dames.

NOus ne sçauons plus quelle route
   A pris enfin nôtre vertu.
Les plus Vaillans de nous ont tres-mal combatu
   Des-que vos yeux se sont mis de la Iouste,
     Et nous ont fait sentir à tous,
Que qui combat ailleurs, doit ceder deuãt vous;
     Et vous connoissez bien sans doute,
Que tout l'honneur, & les prix remportez
   N'appartiennent qu'à vos beautez.

Le Ciel qui s'estoit si agreablement, & si à propos couuert, sembloit vouloir haster la nuit pour satisfaire à l'enuie qu'on auoit de la voir éclairée par les feux d'artifices. Or afin qu'elle vint plus insensiblement pour les Dames, & mesme pour ceux qui estoient aupres d'elles; on leur seruit en collation vn magnifique ambigu de toutes sortes de fruits, limons & oranges de Portugal, confitures seiches & liquides, entretissu d'vne grande quantité de plats de rofty, de tourtres, paftez, iambons, faucifsons, langues de bœuf, &c. Cependant qu'on mangeoit, le iour s'efteignoit petit à petit, tandis qu'vn batteau qui fe promenoit dans le canal, alloit allumant quantité de fufées, qui fembloient vouloir rendre au Ciel les feux que les nuées luy déroboient, ce qui fit bien-toft regagner le bord du Canal à tout le monde, pour voir plus aife- ment le grand feu d'artifice qui auoit efté pre- paré fur vn affez ample Vaiffeau, en forme de Chafteau flottant, fi élegamment, & fi artifte- ment bafty, qu'il auoit attiré l'admiration des plus curieux toute la iournée; Son enceinte eftoit ornée d'vne grande balluftrade fort bien peinte, au pied de laquelle regnoit vne large bande chargée de trophées entrelaffez des Ar- mes de France, auec les chiffres du Roy, & de la Reyne, & leurs deuifes. Tout ce contour eftoit garni de petards, fufées, luifans, giran- doles ou rouës à feu, & cantonné par de pe- tites tourrelles enfouffrées, remplies de toutes ces fortes de feux artificiels, & de plufieurs autres, comme l'eftoit encore vne maniere de

Dongeon éleué dans le milieu en forme de
pyramide. Sur le derriere ou poupe de cette
machine flottante eſtoit vne figure de femme
chargée de fruits, & couronnée de Villes, qui
repreſentoit la terre, & ſur la pointe ou proue
vn Neptune auec ſon Trident monté ſur vn
Dauphin qui repreſentoit l'Eau. Et comme au
milieu ſur l'eguille de la pyramide eſtoit plan-
té vn gros globe chargé d'vn Sceptre de France; On auoit mis à l'entour ces mots pour
deuiſe. *Non ſufficit vni* , pour ſignifier que
celuy qui portoit ce Sceptre, eſtoit capable de
gouuerner bien plus d'vn monde.

Ce Vaiſſeau ou Chaſteau ainſi fait & équi-
pé, auoit eſté placé au bout de trois cens toi-
ſes du Canal, entre deux Pauillons qui termi-
noient les deux Galleries de feüillages, où l'on
auoit veu couler tout le iour deux fort belles
fontaines de vin excellent, au grand ſoulage-
ment & plaiſir de tout ce peuple alteré, à qui
tous les puits & fontaines voiſines pouuoient
à peine ſuffire. Mais comme c'eſtoit particulierement pour les Mariniers qu'elles ruiſſeloient,
on auoit mis au deſſus de l'vne de ces fontaines
ce vers.

Ifto nil metuet fubuectus Nauta liquore;
& au deffus de l'autre celuy-cy.

Hi latices multo iactatos æquore feruant.

Or à l'entrée de la nuit on vit demarer auec
beaucoup d'eftônement cette grâde maffe re-
morquée par quatre petite chaloupes pleines de
Mariniers tous couuerts de gallands de toutes
couleurs auec des flâbeaux à la main, qui rap-
pellant le iour par leur clarté les faifoient pa-
rôiftre comme vn parterre de fleurs ondoyan-
tes. En cét eftat ils n'eurent pas pluftoft ame-
né ce vaiffeau au milieu du Canal, qu'ils l'atta-
querent de tous coftez auec leurs flambeaux
pour y mettre le feu, lequel s'y eftant attaché,
& gagnant fucceffiuement fes parties, le faifoit voir tout ardant, vomiffant des torrens
de flammes en diuers endroits, & pouffant
vne infinité de fufées, qui retombant les vnes
en eftoiles, les autres en ferpentaux de feu, &
les autres fendant l'air auec de grands feillons
de lumiere, faifoient paroiftre le Ciel, quoy que
couuert, beaucoup plus brillant, qu'il ne le
fçauroit eftre auec les plus beaux aftres allu-
mez par les nuits les plus fereines.

I

Le vent qui s'eſtoit renforcé, haſta vn peu
la fin de ce ſpeĉtacle, dont la beauté auoit
pourtant continué ſi auant dans la nuit, que
tout ce monde qui s'y eſtoit attaché auec tant
d'admiratió, ne s'en apperceut point, que lors
qu'il ſe vit reduit à ne s'é pouuoir plus retour-
ner qu'aux flambeaux, leſquels s'eſteignant à
tous momens par la violence du vent, & n'e-
ſtant pas poſſible de paſſer vn quart de lieuë
d'eau, ſans qu'on euſt de la lumiere pour deſ-
couurir des perches ou pieux qui auoient eſté
fichez en diuers endroits pour marquer le gué;
il ne put iamais eſtre trouué de perſonne dans
l'obſcurité des tenebres, qui conduiſoient ſou-
uant les guides & ſondeurs vers les grands
fóds, ou l'on pouuoit perir. Ce qui obligea tout
ce peuple à ne s'y pas opiniaſtier, & à prendre en tournant face l'agreable party d'aller
paſſer la nuit dans ces beaux baſtimens, qu'on
venoit de quitter auec regret, où chacun atten-
dit le iour auec plaiſir; les vns y paſſant le
temps en conuerſation, les autres au ieu, quel-
ques-vns à la danſe, & la pluſpart à prendre le
repos qu'vne fort douce nuit inſpiroit & per-
ſuadoit meſme aux plus éueillez.

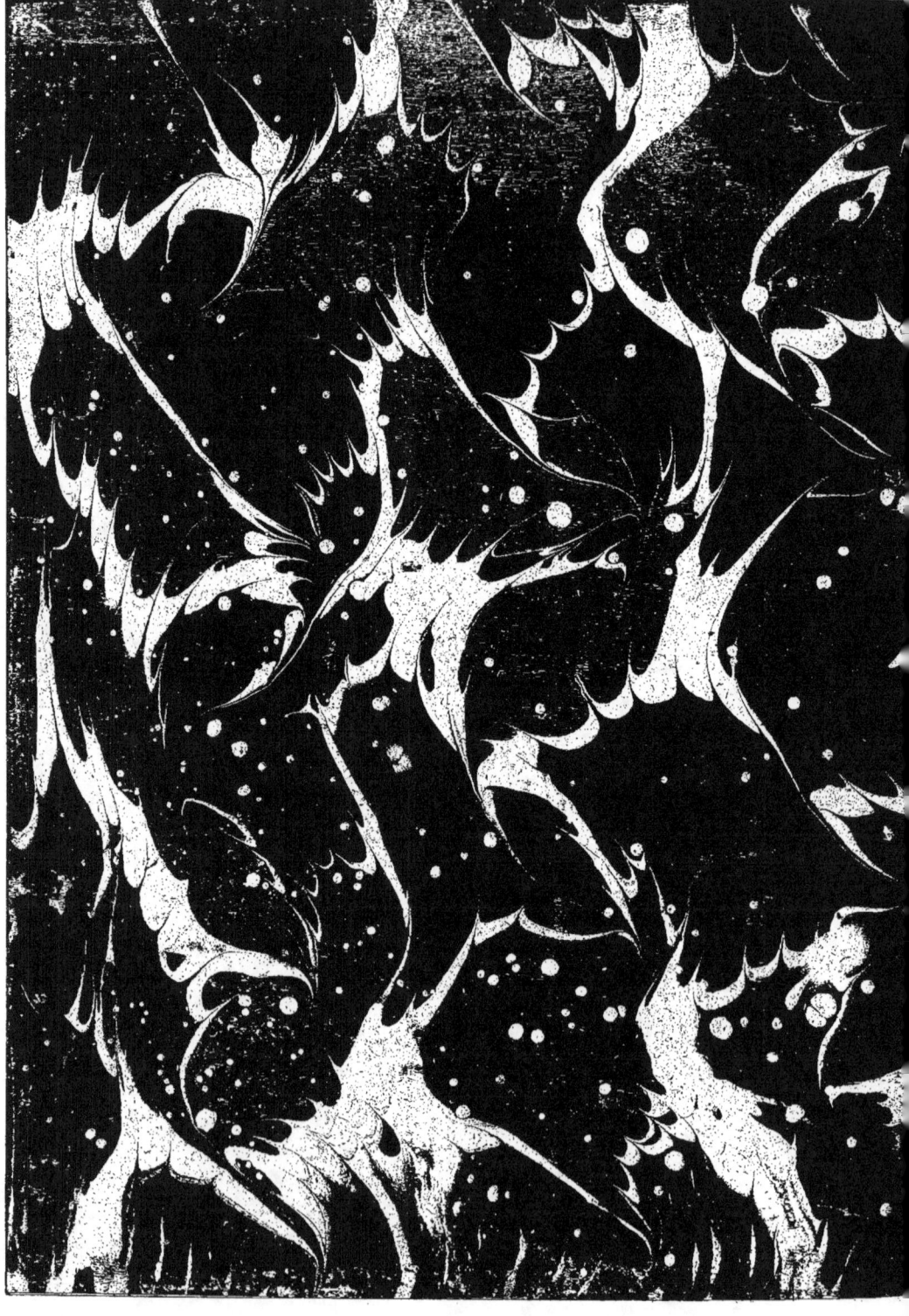

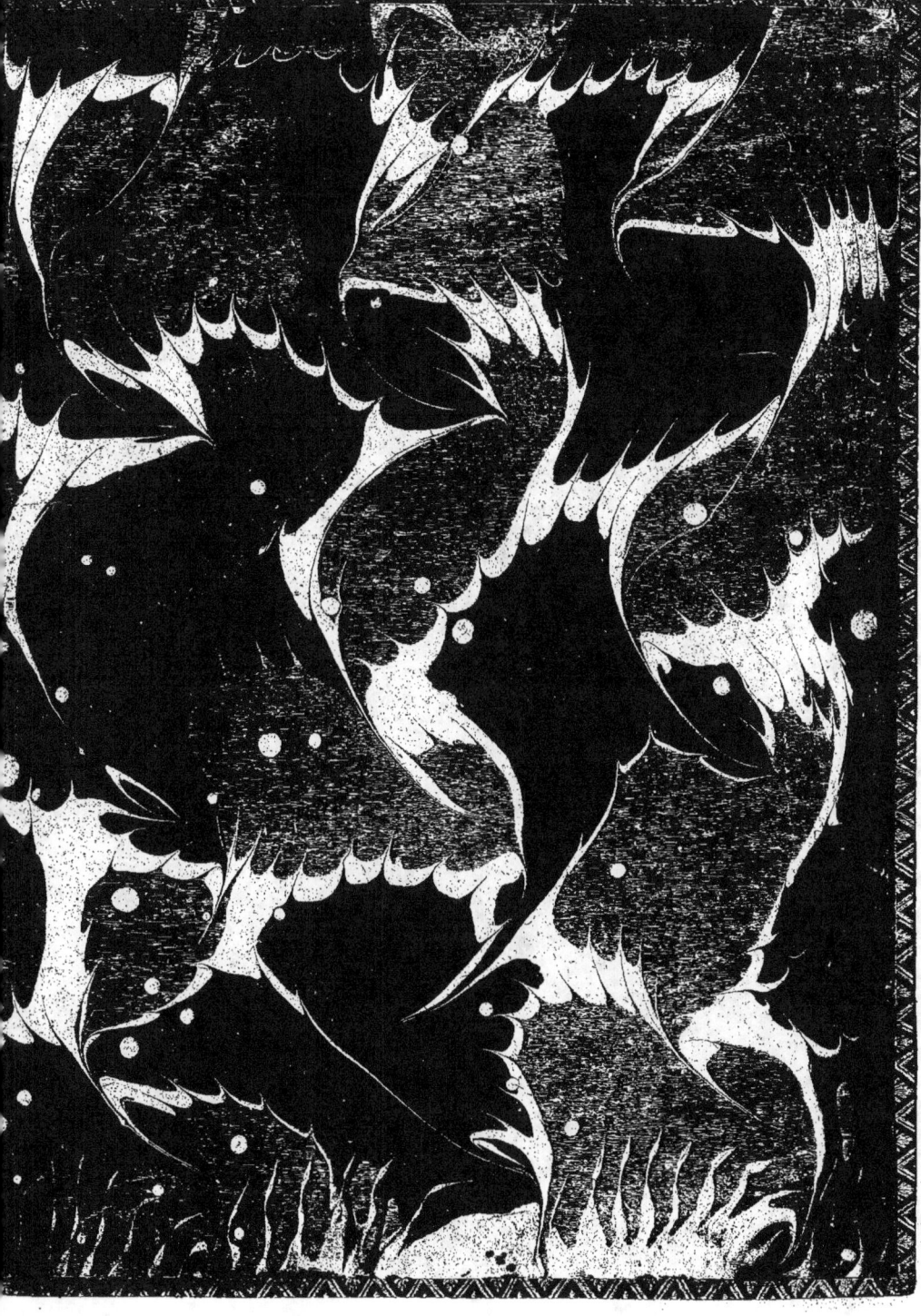

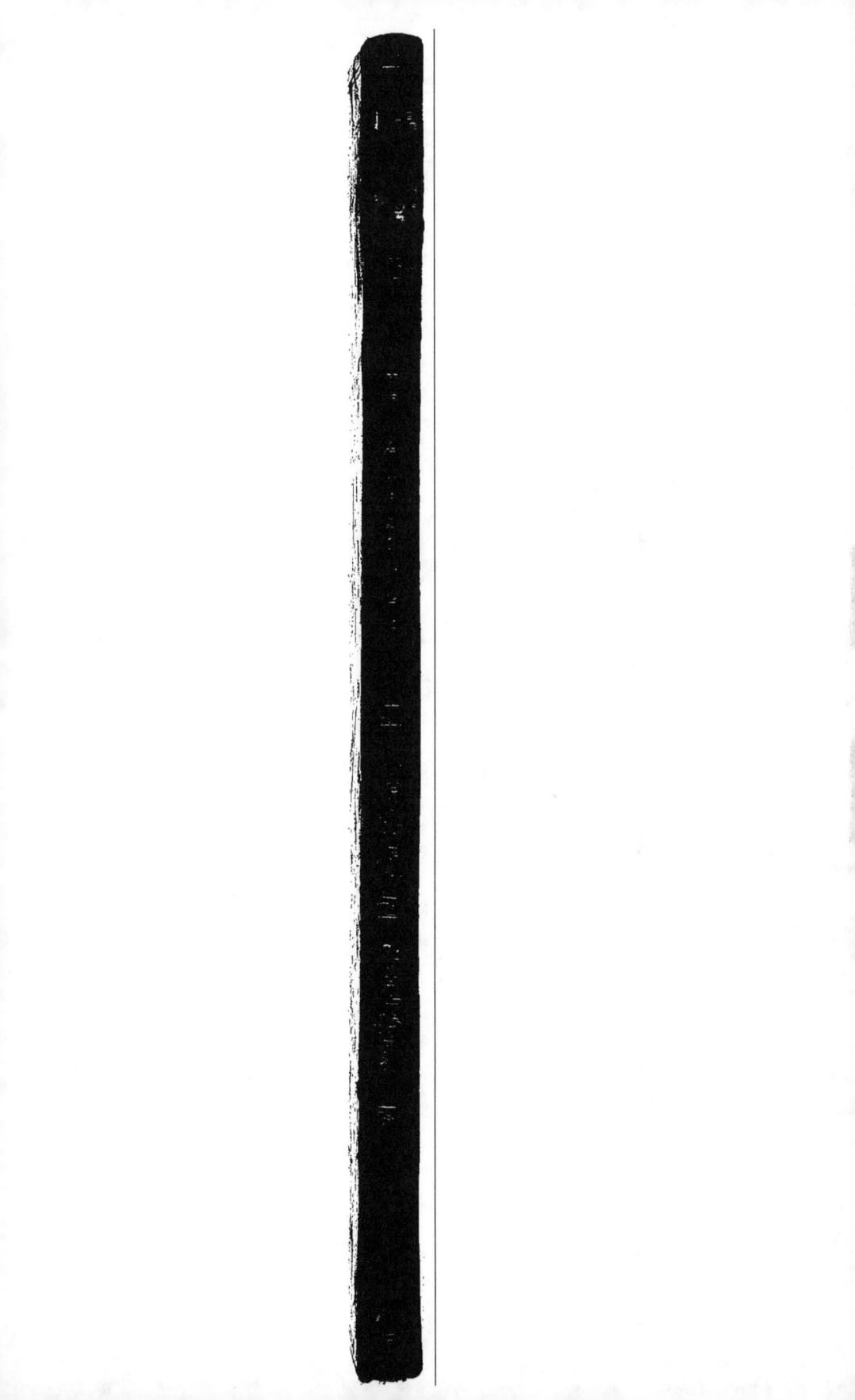